내 마음의 섬

여기는 우포입니다

정봉채

2000년부터 현재까지 우포늪 노동마을에 정착하여 늪의 풍경을 사진에 담고 있다.
2008년 제10차세계람사르총회 공식사진가로 초대 되 었으며, 2012년 미국 샌프란시스코 Art of academy university에 초빙교수로 강의했다. 2009년부터 프랑스 아트파리와 스위스 바젤솔로프로젝트, 싱가폴 아트스테이지 등 세계적으로 활동하고 있다.
개인전 2018. 3.우포지독한끌림 . SPACE22 25회
단체전 1995 "우리의 환경전(예술의 전당)" 외 300여 회

정봉채
사 진 · 글

내 마음의 섬
여기는 우포입니다

몽트

우포는 내게 여전히 미완의 세계

1. 사진의 출발, 행복한 캐치볼 놀이

우리나라 사진작가들 대부분이 그렇듯, 나도 처음부터 전업 사진작가로 사진을 시작하지 않았다. 대학에서 전자 공학을 전공하고 졸업 후 대기업에 들어가 촉망 받는 컴퓨터 프로그래머로 안정된 직장 생활을 했지만, 사진에 대한 열망을 마음속에 불씨처럼 간직한 채였다. 처음 사진을 찍기 시작한 것은 고등학교 때 부터였다. 카메라가 귀하던 시절, 수학 선생이셨던 아버지의 카메라를 메고 놀이처럼 사진을 찍었다. 소풍 때나, 친구들과의 나들이에서 사진을 찍어주면 사진을 받아든 친구들이 행복해 하는 모습에 나도 즐거워지곤 했다. 조금씩 사진의 속성을 이해하기 시작하며 어떻게 하면 저 친구의 개성이 잘 드러나게 찍을 수 있을까 생각하기 시작했다. 막연한 생각과 단순한 즐거움으로 나의 사진 인생은 시작 되었다. 친구들과 행복을 주고받는 놀이로 시작한 사진이었기에, 정식으로 사진을 전공해서 전업 사진작가가 되겠다고는 생각지 않았고 대학도 취업이 보장되는 전자공학과로 진학했다.

  그러나 전공 공부도, 이후 직장생활도 나에게 행복을 주지 못했다. 반복적인 일상에서 가끔 벗어나 사진 찍고 있을 때 가장 행복해하는 스스로를 발견했다. 톨스토이는 그의 저서 인생론에서 '사람은 무엇으로 사는가?' 물었고, 평생 스스로 소설과 삶을 통해서 자신이 추구하는 바를 보여 준 작가다. 토지와 재산을 가난한 이웃에게 나누어 주었고, 자신이 소유한 하인들을 해방시켜 평생 벗으로 지냈다. 한 때 나도 톨스토이처럼 이웃을 사랑하며 수도자처럼 살기를 꿈꾼 적도 있었지만, 나는 톨스토이처럼 살기에는 참 작은 사람, 깊이도 사유도 사랑도 부족한 사람이었다. 그러나 나를 사로잡은 질문은 쉽게 나를 떠나지 않았고, 오히려 '그러면 너는 무엇으로 살아야 하는가?' 끊임없이 되물어 왔다. 일상의 시간표, 틈을 주지 않는 업무, 과도한 스트

레스, 피로의 중첩은 내가 어디로 가고 있는지, 무엇을 위해 살아가고 있는지도 질문조차 할 수 없기 만들었기에 날이 갈수록 직장생활이 버거웠다. 식욕을 잃고, 몸무게가 줄어 눈에 띄게 야위어갔다. 버틸 수 없을 만큼 건강의 적신호가 왔을 때, 나는 결국 사표를 던지고 고향 부산으로 돌아 왔고, 고등학교 컴퓨터 교사로 새 인생을 시작하게 되었다. 아이들과 보낸 십여 년의 교직 생활은 내게 또 다른 행복을 맛보게 해준 값진 시간이었다. 수업이 비는 시간 틈틈이 사진을 찍어 아이들에게 나누어 주었다. 자신의 얼굴이 담긴 사진을 받아 든 아이들은 내 수업 시간을 점심시간보다 더 간절하게 기다렸다. 또 다시 행복한 사진 놀이가 시작 된 것이다. 언어를 통한 소통을 문학이라 한다면 사진을 통한 소통은 행복을 주고받는 캐치볼 같은 것이었다.

2. 우포에서의 19년

교사 생활을 하면서 비로소 사진을 진지하게 생각할

여유를 가지게 되었다. 사진을 더 공부하고 싶어 대학원에 진학했다. 교단에 섰던 십 여 년은 사진에 대해 많은 생각을 하게 해준 값진 시간이었다. 특히 방학은 축복과도 같아서 사진 찍기에 몰두할 수 있는 최적의 기회였다. 처음부터 풍경사진을 찍은 것은 아니다. 포스트모더니즘, 아방가르드, 많은 실험적인 작업들이 나의 사진인생에도 있었다. 낯선 이방의 골목을 돌아 비로소 자신의 길을 찾는 것처럼, 내게 어울리는 사진에 이르렀다. 나는 나무와 풀, 강과 바다의 풍경을 담을 때가 가장 행복했다. 자연 앞에 서면 내 영혼이 씻김굿이라도 받은 것처럼 맑게 정화되는 듯했다. 그래서 카메라를 들러 메고 이곳저곳의 풍경을 렌즈에 담으며 무작정 다녔다. 길 위에서 만나는 나무와 꽃, 집, 사람들. 관찰 대상이 눈에 익숙해짐에 따라 몸으로 느껴지는 질감은 새로워지고 있었다. 의미를 담을 수 있는 소재를 찾기 시작했고. 그래서 찾은 것이 연못이었다.

　연은 탁한 물에서도 고고히 꽃을 피우고, 오히려 자신의 몸으로 오염된 물을 흡수하고 정화한다. '정화하다(purify)'는 '오염된 물질을 깨끗이 한다'는 뜻을 가졌다. 이 단어와 마주했을 때, 정화라는 주제로 나의 사진 세계를 구축할 수 있겠다 생각했다. 그 만큼 연이 내게 준 압도적 깨달음, 즉 풍크툼(Punctum)은 다른 어떤 자연 대상물의 울림보다 컸다. 그래서 찾아 들어온 곳이 우포늪이었다. 우포는 천연 기념물인 가시연의 군락이 있고, 가시연은 일 년 중 가장 더운 달인 8월에 피어난다. 뜨거운 태양을 머금고 가시를 뚫고 피어나는 핏빛 가시연이 품은 자연의 메타포는 인류가 축적한 그 어떤 철학적 사유보다 깊은 감동의 피사체다. 그 매력적인 가시연을 렌즈에 담기위해 여름 방학이 오면 우포로 달려갔다. 조금씩 가시연이 호흡하는 우포의 풍경이 내 눈에 들어오기 시작했고 피사체를 둘러싼 시간과 공간이 피사체의 본질을 만들고 있다는 생각에 이르렀다. 틈틈이 바라본 우포의 하늘, 살갗으로 부딪쳐 오는 우포의 바람, 땀을 식혀주는 왕버드나무 그늘, 귀를 간질이는 물닭소리, 이런 것들이 나의 감각 속으로 들어오기 시작했다. 작업을 마치고 부산으로 와도

계속 우포의 잔영이 마음자리를 맴돌고 있었다. 우포의 이미지에 어느덧 중독처럼 끌리고 있었던 것이다. 눈을 감아도, 떠도, 우포의 잔상이 떠나지 않은 것은 이제와 생각해보니 운명이었다.

우포의 가시연에서 지금의 사진으로 방향을 정하는 과정에서도 우연의 모습으로 운명이 찾아왔다. '나는 무엇으로 살 것인가'에서 '그렇다면 나는 어떤 사진을 찍을 것인가' 질문하며 지내던 시기였다. 기차 여행을 좋아해서 완행 기차를 타고 전망 좋은 작은 시골 역에 내려 발 닿는 곳으로, 마음이 이끄는 곳으로, 무작정 촬영을 다녔던 나는 그해 여름도 연을 찍기 위해 작은 시골 역에 내렸다. 역은 햇빛 아래 고요했다. 그런데 간간이 기차들이 정차하고 사람들을 쏟아 놓고, 또 태우고 떠나는 풍경이 그날따라 단순하게 보이지 않았다. 오히려 경이로웠다. 어떤 사진을 찍을 것인가에 대한 긴 물음의 해답을 찾은 순간이었다. 내 카메라로 자연의 메시지를 통과시키는 기차역이 되자! 기차역이 아름다운 기차, 더러운 기차를 가리지 않고 그냥 한자리에 서서 묵묵히 그 모든 기차를 통과시키는 것처럼 말이다.

그 생각은 평온했던 내 인생의 전환점이기도 했다. 카메라의 힘은 현장성에 있는데 현장을 떠나서는 대상의 본질에 접근한다는 것 자체가 불가능하기에, 잠시 우포에 들러 가시연을 찍어서는 우포의 진정한 모습을 담아 낼 수 없겠다는 생각에 이른 것이다. 늪의 표정은 매 순간 변화무쌍하고, 새벽의 우포와 한 낮의 우포는 남극과 적도처럼 확연히 다른데 어떻게 그 모든 순간을 담을 것인가? 현실적인 난관은 예상보다 견고하게 나의 발목을 잡았다. 고민의 시간은 길었지만 과감히 학교에 사표를 던지고 우포에 집을 구했다. 우포 사람이 된지 어느새 19년이다.

우포가 운명처럼 다가 온 순간부터 나는 한결 같은 열정으로 우포늪의 표정을 담아왔다. 보통 새벽 네 시에 일어나 작업을 시작해서 일몰이 지는 저녁까지 보통 하루에 2-3천 컷의 사진을 찍는다. 19년 동안 내가 매일 찍은 우포 사진은 박물관을 차려도 될 만한 양으로, 내 컴퓨터에 수백 개의 사진 파일이 빼곡히 저장

되어있다. 그러나 한 곳에서 계속 찍었다 해서 모두 비슷한 사진이 아니다. 나는 우포에서 반복이 주는 정신적 교훈을 깨닫게 되었다. 반복해서 바라보는 것의 중요성을 알게 되었으며. 보고, 사유하고, 기다리고, 사유를 더 심화 시키고, 찍고, 또 보고. 그러면서 대상의 본질에 점점 근접해가는 과정을 의식적으로 훈련했다. 섣불리 피사체에 카메라를 들이대지 않았다. 오랫동안 기다렸다. 한 장의 사진도 찍지 못한 날들도 많았고. 머릿속에 그려지는 스케치만 가득하고, 작업은 되지 않는 날도 부지기수였다. 그런 날은 그저 정처 없이 늪 길을 걸었다. 생각에 잠겨 우포의 풍경을 보고 또 보았다.

사진은 시간 예술이다. 그러나 같은 시간, 같은 장소에서 같은 피사체를 찍었다 해서 같은 사진이 나오지 않는다. 진정한 사진가라면 시간의 변화를 감지할 것이고, 공간이 시간을 호흡하고 있다는 것을 인식할 것이다. 그는 시간의 흐름 속에 시시각각 변화하는 대상의 심상을 본다. 대상의 심상은 곧 작가의 심상이기도 하다. 그러나 그 전이는 피사체가 서있는 공간과 시간의 현재성 안에서 만들어지는 그 무엇이다. 그 무엇이 나에게는 작품이 되는 과정이다. 아름다움이란 상대적인 것이다. 미와 추의 경계도 모호하고. 우리는 더 이상 추한 것을 추하다 보지 않는 시대에 살고 있다. 아름다움도 개인의 심미안에 따라 실로 다양하다. 진정한 사진가는 결코 시간에 묶인 찰나적인 아름다움만을 추구하지 않는다. 그래서 시간에 묶이는 사진가가 될 때 비참해지는 것이다.

시간에 묶인 사진가는 늘 생경스럽고 신비한 그 무언가를 기대하고 우포를 찾는다. '우포는 언제가 사진 찍기에 좋습니까? 혹은 '우포의 비경은 어디입니까' 묻는다. 그들의 기준은 황홀하고 몽환적인 우포의 풍경에 머물러있다. 그러나 나는 그들의 질문에 하나의 답을 줄 수 없다. 불교에 자비(慈悲)라는 말이 있다. 자(慈)는 사랑이요 비(悲)는 슬픔이 아닌 연민을 뜻한다. 연민의 뜻은 '그것을 슬퍼해주다'라고 한다. 사진과 연관시켜 생각하면, 시간에 묶인 사진가는 자기 기준으로 생각하는 마음에 머물러 있어 그 대상을 사랑하는 단계에 아직 이르지 못한 것이다. 따라서 대상을 진정으로 연민해주지 못한다. 대상과 깊이 시간을 공유하지 않았기 때문이다. 시간을 공유하지 않으면 대상의 슬픔의 근원을 알지 못한다. 그들은 단지 우포를 찾아오는 손님일 뿐, 아름다운 한 찰나의 출사가 끝나면 그들은 우포에게 한 마디 인사도 없이 떠나버린다. 그러나 작가라 하면, 예술가의 마음을 가질 일이고, 예술가는 대상에 대한 사랑과 연민, 즉 자비심을 갖추어야 한다고 적어도 나는 생각한다. 이는 사진 예술에 사유의 과정이 반드시 선행되어야 한다는 믿음과 같다. 중요한 것은 대상이 아니라 대상을 연민하는 작가의 생각과 느낌인 것이다. 그래서 반복해서 바라보면 어제와 다른 그 무언가가 보이기 시작하는 것이다. 반복이 대상에 대한 기시감을 주는 것이 아니라 사물을 새롭게 감각하는 능력을 길러 주는 것이다. 사유가 깊어짐에 따라 전에는 보이지 않던 것들이 보일 때의 경이로움이야말로 우포가 선사해준 축복이라 여기고 있다.

사진가와 피사체의 관계는 때로는 폭력적이다. 마치

생태계의 먹이 사슬과 같다. 포획하고 포획당하는 관계처럼 말이다. 우포에서 사진 작업을 하면서 내게도 그 관계의 질적 변화가 일어나기 시작했다. 피사체와 나는 우주의 이름다운 생명체이고, 인연의 끈으로 맺어져 프레임 안에서 만나고 있다는 생각을 키우게 되었다. 피사체를 온전히 이해한다는 것이 불가능하기에 서로 알아가며 언젠가는 서로의 아픔에 귀를 기울이는 연민으로 만나는 과정을 사진으로 표현하자는 마음을 갖게 된 것이다. 풍경을 내안으로 끌고 와, 내 혼과 피사체의 혼이 만나는 셔터 찬스, 그 황홀한 접점을 찾고 싶어 반복적으로 우포의 풍경을 계속 프레임에 담아냈다. 그러자 조금은 우포를 이해할 것 같았다. 시시각각으로 변하는 우포의 표정을 알게 되었다. '알게 되면 사랑하게 된다'는 어떤 시인의 말처럼, 반복적인 작업, 반복적인 한 대상에 대한 지난한 관심과 관찰이 대상의 숨겨진 본질까지 접근하게 한 시간이었다. 나의 사진은 우포가 내 카메라를 통해 자신이 하고자하는 이야기를 전해온 기록이다. 나는 카메라로 우포의 편지를

실어 나르는, 매일 기차를 통과 시키는 기차역으로 살고 있는 것이다.

3. 내 사진의 미적 극점은 없다- 해석은 자유다.

우포의 가시연에 매료되어 사진을 찍기 시작했을 때 나는 사진에 어떤 주제 의식을 담으려고 무척 노력을 기울였다. 그래서 나의 초창기 십 년간의 우포 사진에는 주제의식을 작품에 담으려는 치열함이 있었다. 우포에 매몰되어 드넓은 세상 속의 한 점 같은 우포를 보지 못했다. 우포를 우주 전체로 착각하고 우포가 내 모든 것인 양 숭배하고 사진 작업을 해왔다. 그러나 이제는 그 무엇도 담지 않으려고 한다. 마음은 원래 형체도 경계도 없는 것이기 때문이다. 내 마음은 우포도 아니고 우주도 아니다. 경계가 없는 형언 할 수 없는 그 무엇이다. 단지 하루하루 내 영혼의 그릇에 눈앞의 풍경을 담으려 한다. 사물을 바라볼 때 칠 할은 멀리서 삼할은 가까이서 보자는 나만의 묵계를 생각하며 대상에 매몰되어 객관적으로 바라보는 눈을 잃지 않으려 조심하는 것이다.

내 사진을 좋아하는 사람들은 '선생님의 사진은 명상 사진 같아요.'라고 한다. '선생님의 사진을 보면 내 상처가 치유되는 것 같아요' 라고도 한다. 나는 긍정도 부정도 하지 않는다. 순전히 감상자의 영역이기 때문이다. 음악도 가만히 듣고 느끼듯 사진도 그렇다. 조용히, 오랫동안 보면 보일 것이다. 들릴 것이다. 우포의 피사체들이 뿜어내는 생명력, 생명체들의 소리, 내가 사진을 통해 전달하고 싶었던 마음, 기쁨의 환호성이기도 하고 슬픔의 흐느낌이기도 한 수많은 정답. 그래서 내 사진에는 주제가 없다. 수천 개의 서로 다른 삶이 내 사진을 마주하기에 그 해석 또한 수천 개인 것이 자연스러울 뿐이다. 내 사진에 많은 해석이 따를수록, 나는 긍정도 부정도 하지 않은 채, 내 사진이 세상과 대화하고 있구나, 내 자연 사진이 수많은 이들의 삶이 지나가는 기차역이구나 하는 기쁨에 이르는 것이다.

나를 우포에 은둔하는 사진작가라고 말하는 사람들

이 있다. 은둔, 한 곳에 머무른다 해서 디아스포라가 될 수 없다는 것은 오해다. 예술가는 자기의 취향에 따라 살아가야 자유롭다. 나는 우포에 사는 것이 좋을 뿐이고 그렇다고 내 예술을 잃는 것은 아니다 생각하고 살아왔다. 예술가에겐 예술을 잃는 것은 전부를 잃는 것이기 때문에 이 생각은 나를 지탱해온 심지와 같다. 세상은 정설과 체계를 중요시하지만 예술세계는 역설이 더 진지할 때가 많다. 나는 그 역설의 미학을 우포를 통해서 본다. 우포에서의 하루하루는 내게 은둔이 아니라 세상을 역설로 뒤집어 보는 새로운 패러다임을 세워 주기도 한다. 우포를 통해서 세상을 공부하니 고마운 곳이다. 내 사진 작업은 언제나 현재 진행형이다. 대상과 나와의 창조적인 만남의 시간이 남아 있는 한, 나는 자연과 사람들과 계속 만날 것이다. 내 사진의 미적 극점은 우포와의 완전한 교감이 아니다. 내가 네가 아니기에 완전한 동화는 불가능하다. 그러나 한 곳에 오래 머무르면 대상의 희로애락이 보인다. 그것은 육안으로 보여 지지 않는 그 무엇이다. 오랫동안 지켜 본 사람에게만 느껴지는 은밀하고도 내밀한 그 무엇. 내 사진의 미적 극점은 그 보여 지지 않는 그 무엇을 향해 앵글을 맞추는 그 순간의 희열에 있다.

오늘도 나는 늪에 살고 있다. 늪을 바라보고 있다. 칠할은 멀리 떨어져서 늪을 통해 내 예술의 지도를 그려 가고 있다. 미완이면 또 어떨 것인가. 과정이 즐거우면 그만이다. 캐치볼 놀이처럼 즐거워 시작한 사진이다. 사진이, 우포가, 내 사진을 바라보는 사람들이 내 인생을 이토록 행복하게 해준다면 그것으로 되었다.

• 목차

秋

冬

희망은 차가운 동면의 시간속에서 피어나고 있습니다

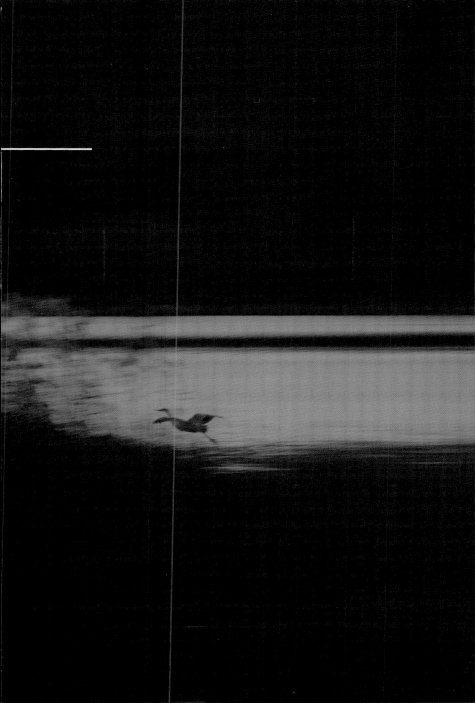

겨울을 날아가는

새들의 몸짓이 가장 아름다운 때는 겨울입니다. 땅의 생명체가 몸을 움츠릴 때 새는 찬란한 날개를 펴고 차가운 하늘을 가르며 춤을 춥니다. 새해가 밝았습니다. 희망이 차가운 동면의 시간속에서 피어나고 있습니다. 힘찬 새의 몸짓처럼 빛의 날들이 세상의 겨울 그늘진 곳에 먼저 임하기를 기원해 봅니다.

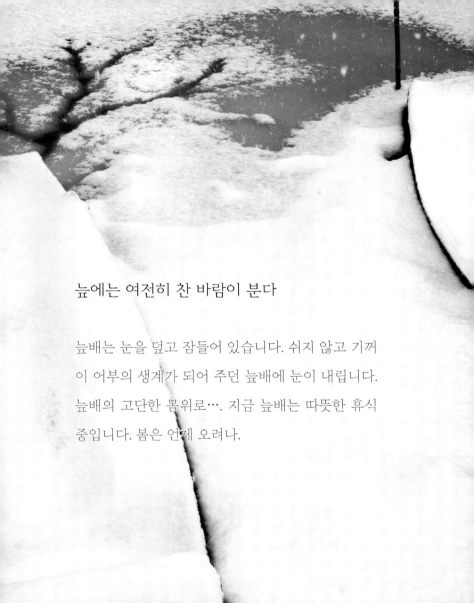

늪에는 여전히 찬 바람이 분다

늪배는 눈을 덮고 잠들어 있습니다. 쉬지 않고 기꺼
이 어부의 생계가 되어 주던 늪배에 눈이 내립니다.
늪배의 고단한 몸위로…. 지금 늪배는 따뜻한 휴식
중입니다. 봄은 언제 오려나.

겨울은 흔적을 남긴다

겨울은 흑백사진입니다. 흑백사진은 기억입니다.
오색 향기로 남은 내 지나간 계절이 퇴색하여 내 안
에 쌓이는 속절없는 시간입니다. 겨울은 지나간 시
간의 흔적입니다.

나무는 견디고 이기는 것이다

나무가 서 있습니다. 나무는 바람에 흔들립니다. 차
가운 비를 내리는 눈을 피하지도 않습니다. 작열하
는 태양에 이맛살을 찌푸리지도 않습니다. 매서운
바람을 피하지도 않습니다. 나무는 오늘도 들판에
희미하게 서 있습니다. 참 바보 같구나, 하려다 입을
다뭅니다. 바보 같다는 건 당당하고 초연한 것입니
다. 견디고 이기는 것입니다.

기울어 가는 것이 아름답다

해가 기울면 지상은 잠들 준비를 합니다. 새는 무리를 부르고 짐승은 둥지를 찾아들고 사람은 집으로 갑니다. 이 평범한 일상이 마법으로 다가오는 시간입니다. 황혼은 기울어 갈 때 가장 아름답습니다.

나는 영원한 파랑새로 날아갈 것이다

오래된 꿈이 있었습니다. 파랑새가 되어 세상으로 훨훨 날아가는 열망이 부력을 담금질하며 살아온 시간, 후회는 없습니다. 설사 내가 빛나는 날개를 가지지 않은 미운 오리에 불과했다 하더라도 가슴에 불꽃이 꺼지지 않는 한 나는 영원한 파랑새로 날아갈 것입니다.

유행가 가사는 말한다

아픈 게 사랑이라고. 나는 오랫동안 세상에, 사람에
아파 했습니다. 오늘 늦에 거친 바람이 붑니다. 내
얼굴을 호되게 때리고 지나가는 바람, 나는 피하지
않습니다. 그것이 내 사랑입니다.

어부는 바람 속에 있었다

얼음을 깨야 봄이 옵니다. 며칠 동안 바람이 거셌습니다. 늪의 바람은 혹독하다 못해 고통스럽습니다. 어부는 바람 속에 있었습니다. 그의 얼고 갈라진 영혼을 찍었습니다. 그것이 진정한 당신의 모습이기에. 존재하는 모든 것들은 고통 속에 피어나는 꽃입니다.

春

존재하는 것들은 행복보다 고통속에 피어나는 꽃이다

당신의 겨울은 봄보다 눈부십니다

밤새 나는 잠들지 못했습니다. 아침이 오고 어제처럼 해가 떴습니다. 나는 늪으로 갔습니다. 흰눈이 나를 기다리고 있었습니다. 늪배는 말이 없습니다. 당신의 겨울은 봄보다 눈부십니다.

풍경이 마음으로 걸어 들어오는 날이 있다

혼자의 그림자가 커지는 날입니다. 그런 날 풍경은
내 안에서 싹을 틔우고 꽃을 피웁니다. 내 안의 봄
이 되어 나를 위로 합니다. 오늘 늦배는 혼자입니다.
우리는 마주서서 서로의 고독에 눈을 맞추고 마음
에서 요동치는 꽃의 소리를 듣습니다. 곧 봄이 오겠
지요.

마음의 봄을 기다리다

얼음이 녹으면 봄이 오는가. 마음이 녹으면 사랑이
오는가. 그 무엇도 아닙니다. 얼음이 녹기 전 마음이
녹았고 마음이 녹기 전 사랑은 이미 와 있었습니다.
꽃샘추위가 기승을 부립니다. 시간은 늪의 물색을 기
어이 바꿔 놓았습니다. 아름다운 비상. 나는 영원히
얼지 않을 마음의 봄을 기다립니다.

내 안의 섬

누구든 가슴속에 외로운 섬 하나쯤 가지고 있습니다. 오늘 내 안의 섬은 푸른 장막 속에 잠들었습니다. 나는 바람만큼 고독의 형벌을 지고 살았습니다. 산다는 것은 무엇일까요? 결국 내 안의 섬을 짊어지고 푸르디푸른 하늘을 보는 것이 아니겠는지요.

무엇을 향해 갔는가

나무가 옷을 갈아입을 때 봄은 오나 봅니다. 연록의 옷을 갈아입고 나무는 어디로 향할까요. 열정의 향연이 벌어지는 여름으로 향할까요. 아니면 열정 뒤에 숨은 비애의 나락으로 향해 갈까요. 시간은 늘 양면성을 가지는 존재입니다. 당신은 오늘 어떤 옷을 입고 무엇을 향해 가고 있습니다.

고요가 그린 그림

어부의 실체는 고요를 깨웁니다. 고요는 사람입니다. 물의 흐름에 고요와 삶이 스미는 이곳은 분명 에덴입니다.

내가 한없이 작아지는 날

늪제방을 걷는다. 뚜벅뚜벅, 발과 땅이 부딪치는 소리는 느리고 둔탁합니다. 이곳에서는 빠른 걸음을 재촉하지 않습니다. 그런 시간은 겸허의 시간입니다. 주변의 사물과 어우러진 내 키를 볼 수 있습니다. 그들은 크고 나는 작습니다. 나는 더 작아지고 더 느려집니다. 내 발자국 소리만 선명합니다.

당신은 고마운 사람

당신은 아주 이기적인 사람입니다. 그리고 고마운
사람입니다. 나는 적인 것에 내게 사랑의 시간이 얼
마 남지 않은 것 같습니다. 지쳐갑니다. 세상과 사
랑, 사람 그 모든 공허한 것들에….

무너짐에 대하여

무너짐은 외부의 충격이 아니라 내부의 균형이 깨지는 순간입니다. 나의 내부를 자연의 숨소리로 채우지 못한 날 나는 무너집니다. 형체 없는 숨결이 내 영혼을 가득 채울 때 나는 원시적인 한 미물로 존재합니다. 때때로 내 영혼이 형체 없는 것들을 몰아내는 순간이 있습니다. 그런 때 나는 세상에 굴복합니다.

가시연꽃 피어나는

며칠간 많이 아팠습니다. 세상을 사랑한 내 연민이
준 상처는 붉은 피를 흘리며 가는 봄을 적시고 있었
습니다. 아프다. 아프다. 나는 그렇게 말하고 싶었습
니다. 상처는 침묵 속에서 단단한 씨앗으로 굳어가
고 있었습니다.

아름다운 날

하나가 하나를 그리워하는 날 네가 나를 잊지 못하
는 날 내가 너에게로 가는날 둘이 하나가 되는 날.

夏

내가 너에게로 가는 날이다

사랑을 본 아침

마음이 붉다 못해 몸까지 빨갛게 물들었네요. 나의
비겁을 비웃고 있나요. 그 긴 부리로 나의 비겁을
몰아부친 태세군요. 다가서지 마세요. 당신의 몸에
내가 데일까 두렵군요.

완벽한 사멸

뿌리째 뽑힌 나무가 늪에 누워 있었습니다. 삶의 끝
에서 삶의 뿌리를 뽑지 못하는 것은 비극일 것입니
다. 뿌리 뽑힌 나무는 완벽한 죽음의 모습을 보여
주고 있었습니다. 죽음은 삶의 단절이며 연민의 뿌
리까지 뽑아 버릴 때 비로소 죽음은 완벽한 사멸이
될 것입니다.

내안의 시간

늪가에 서서 물에 비친 나무를 보는 날이 많습니다. 가만히 보고 있으면 그것은 내 얼룩처럼 느껴집니다. 버리고 싶은, 버릴 수 없는, 어쩌면 영원까지 가져가야 할 내 얼룩. 그것 또한 나이고 나를 비추는 또 다른 내 안의 내가 아닐까요.

비가 내리다

비가 내리는 날이면 당신이 생각납니다. 비는 인생과 같다고. 검은 구름을 배경으로 삼아야 비로소 쏟아진다고. 그 쏟아지는 비를 맞아야 비로소 검은 구름을 이해할 수 있다고 당신은 말했습니다. 당신이 보고 싶어지는 날입니다. 잘 있는지요.

아름다운 하강

숲길을 걸으면 나직이 소리가 들립니다. 먼지로 가득한 길 위에서 잊었던 소리입니다. 자연이 내는 소리는 옥타브가 낮습니다. 나는 그 낮음에 귀를 기울입니다. 아름다운 하강, 나에게로 가는 길, 마음의 물길은 조용히 아래로 흘러갑니다.

바람의 날

바람이 몰아치는 날. 늪가에 서면 시야가 잘 보이지 않습니다. 중심을 잃은 나무와 빗금을 그으며 흘러가는 물결이 제 마음대로 춤을 춥니다. 이런 날은 매운 눈물이 흐르더라도 바람과 맞서야 그들의 흔들림을 볼 수 있습니다. 흔들리지 않고 어찌 바람의 의미를 알수 있겠습니까.

별을 바라보며

별들은 왜 저리도 환하게 반짝이는 것일까요. 혹시
무엇인가를 감추기 위해서 억겁의 시간 동안 저러
고 있는 것은 아닐까요. 우리는 모두 외로운 존재입
니다. 그 존재자들이 우주에는 무수히 많다는 것을
가르쳐 주려고 별이 반짝이는 건 아닐까요.

동행

오랜 친구와 걸었습니다. 걷는 동안은 길 끝이 생각
나지 않는다고 친구가 말했습니다. 주변 풍경과 발
끝만 번갈아 보인다고 희끗한 머리와 어느새 골이
져 가는 주름살의 친구를 향해 나는 웃어 주었습니
다. 그의 웃음과 내 웃음이 풍경에서 발끝으로 떨어
지는 산책길. 그저 어깨를 나란히 하고 나무가 내어
주는 길을 향해 갔습니다.

흐린 날

빨간 깃발이 바람에 깃을 세우고 있었습니다. 누가
꽂은 깃발일까요. 흐린 날이면 더 강렬하고 의연한
빨강. 바람에 더 깃을 세우는 그대의 이름은 열정,
고독한 단독자.

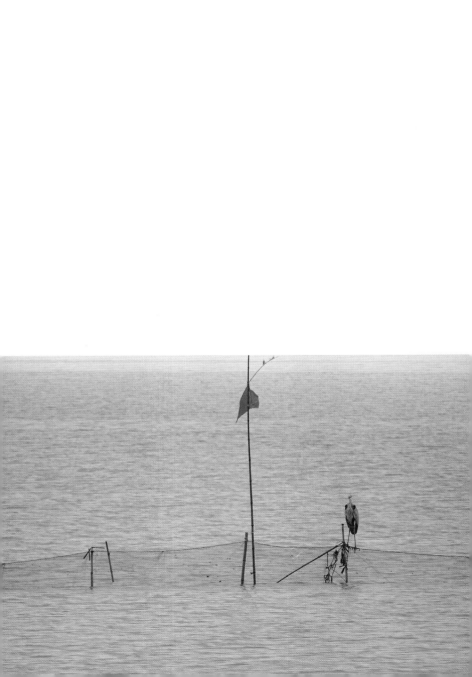

8월의 시작

늪이 초원으로 변했습니다. 팔월입니다. 그늘이 없는 늪의 시간. 태양이 고요를 불태우는 시간. 땀을 흘리며 노를 저어가는 저 사람은 누구인가요. 뜨거운 초원을 헤치고 가는 여름의 돈키호테. 오늘을 살아내는 뜨거운 여름 같은 당신.

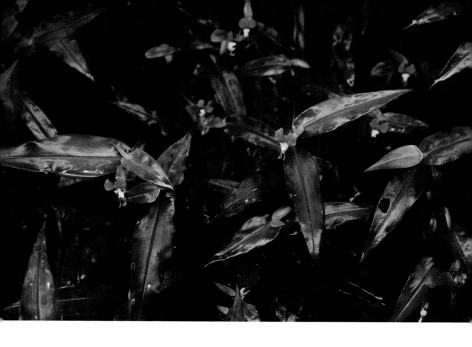

달개비꽃

달개비의 꽃색은 쪽빛입니다. 오래전 인디언들은
저 빛깔을 과부의 색이라고 했다는데, 그래서 그 이
름도 인디고 블루라고 했다는데… 오늘 산책길에서
만난 너의 이름은 연민. 고와서 슬픈 그 이름, 내 걸
음을 멈추게 합니다.

무리는 공간을 좁힌다

총총히 서 있는 오리 무리들. 너와 멀어지고 싶은
내 여름을 부끄럽게 합니다. 습기가 가득한 더운 늪
의 나날들. 저들은 여전히 가까이 더 가까이. 내가
네게로, 네가 내게로 떨어지지 말라며 짖고 있습니다.

미안한 8월

누군가 화등을 켜고 나를 기다리는 것 같아요. 저 꽃을 보고 그렇게 말하던 사람이 있었습니다. 슬픈 눈을 가진 말수가 적었던 사람, 작은 입술에서 새어 나오던 힘겨운 한 문장. 그 사람의 손을 잡아 주지 못한 나는 그날의 화등에 용서를 구합니다. 미안한 팔월, 절정의 화등은 말이 없습니다.

노을이 붉은 날

황혼을 향해가는 빛깔. 곧 밤이 올 텐데 무람없이
풀어놓는 처연한 핏빛. 무엇을 위해 지금껏 살아왔
나. 내 지나간 청춘은 무엇을 불태웠나 오늘 노을이
내게 준 질문입니다.

秋

바람과 맞서야 그들의 흔들림을 볼 수 있다

양귀비

당신을 본 순간, 나는 꽃의 시간을 꿈꾸었습니다. 꽃의 시간은 짧았습니다. 내 삶에 들어 온 당신의 향기는 독을 품고 있었습니다. 나는 서서히 죽어갔습니다. 심장에서 피가 터졌습니다. 숨을 헐떡이며 나는 생각했습니다. 당신은 내가 마지막까지 잊지 못할 망각의 이름이라는 것을.

커피향의 계절

귀뚜라미 소리가 녹아듭니다. 좋은 사람들이 보고
싶어집니다. 갈색 커피에 스미는 그들의 웃음소리,
나는 그 소리마저 들이켭니다. 목젖이 따뜻해져 옵니
다. 들판으로 나가는 할머니의 뒷모습을 바라봅니다.

아무도 모른다

늪의 아침이 세피아 톤으로 물듭니다. 유채색의 세
상으로 가기 전 잠시 물에 누워 쉬고 가는 시간. 그
물빛을 보고 있노라면, 한곳에 머무는 한 사람의 고
독의 빛깔을 떠올립니다. 어부는 오늘도 아침햇살
속에 그물을 칩니다. 그림자가 물빛으로 녹아듭니
다. 아무도 모릅니다. 고독마저도 햇살에 물드는 것을.

가을의 위로

가을 속으로 스며드는 한 남자. 여름을 뒤로하고 깊은 가을을 향해 걸음을 옮겨 놓습니다. 묵묵한 걸음. 당신은 지금 어디로 향하고 있습니까? 남자의 등에서 흐르는 가을의 소리. 내가 당신의 고단한 등을 안아 줄게요.

시간을 품은 삶

풍경에 사람이 스며들면 사진은 삶으로 피어납니
다. 사람은 시간의 수면이 아니라 심연입니다. 시간
은 그가 타고 갈 저 텅 빈 배에 불과합니다. 어부는
곧 저 배에 삶을 얹어 놓고 시간을 품은 풍경을 그
릴 것입니다.

내게 해당되는 말

흐린 날 아침, 앵글에 맺힌 풍경은 비애에 젖어 있습니다. 세상의 모든 걸 경험한 나이가 되었지만 여전히 나는 젊은 꿈을 꿉니다. 꿈을 꾼다는 것은 위로입니다. 덧없는 것에 대한 위로, 잃어버린 것에 대한 위로. 흐린 날, 저 쓰러진 풀더미는 언제 일어나 빛을 향해 기지개를 켤까요. 위로는 사람에게만 해당되는 것은 아닐테니까요.

낙엽의 생

낙엽들이 길가에 쌓여있었습니다. 여름의 잔해 같은 낙엽. 운명의 휴지 같은 낙엽. 바람에 흘러가는 낙엽. 나는 오늘 그 낙엽을 밟고 가을을 지나갔습니다. 길 위에서 잠시 낙엽의 생에 대해 생각했습니다. 이것이 가을의 끝이 아닐 테다. 겨울의 시작일 테다. 끝과 시작은 맞물려 순환할 것이다. 그리고 나는 다시 낙엽을 밟고 겨울을 향해 걸음을 내디뎠습니다.

천상의 시간

안개 낀 아침은 지상의 시간이 아닙니다. 내가 태어
나기 전, 당신을 만나기 전, 우리가 우리로 살아가기
전 이미 존재했던 먼먼 시간 속의 아침입니다.

단풍의 찬미

단풍을 볼 때마다 생각합니다. 저렇게 붉어지기까지 단풍의 시간은 처절했을 것이다. 저렇게 물들기까지 단풍의 시간은 아팠을 것이다. 느린 산책길. 나는 걸음을 멈추고 세상에 모든 물든 것들에 대해 경배를 보냅니다. 그것이 사랑이든 슬픔이든 이별이든 단풍 같은 가슴들에게 찬사를 보냅니다.

바다의 울음

아무도 내 울음을 듣지 못하는 세상을 떠나 바다로 간 적이 있었습다. 바람 소리마저 선명한 바다 앞에서 나는 목 놓아 울었습니다. 바다는 고요히 내 울음소리를 삼키고 있었습니다. 나는 이제 바다 앞에서 울지 않습니다. 진정한 고요는 삼키고 견디는 울음에서 잉태되니까요.

가벼움의 미학

억새를 보고 있노라면 손에 쥐고 있는 모든 것이 무거워집니다. 가벼운 흔들림. 사멸에 닿는 비움의 노래. 내 손에 쥔 마지막 연민마저도 놓고 가라는 겨울의 부름에 억새는 저항하지 않습니다. 지난 계절 넉넉히 무성했고 또 무수히 흔들렸으므로 억새는 두렵지 않습니다. 차가운 침묵이 영원처럼 온다 해도 이제 충분히 가벼워졌으므로.

내적 시선

내적 시선을 키우는 작업이란 자연을 담는 사진작가에겐 힘든 노동입니다. 내 심연의 시선을 통해 자연의 무의식을 만나는 작업이기 때문입니다. 존재자는 눈에 보이나 존재는 결국 나와의 합일에서야 비로소 형체가 그려집니다. 내 사진은 내 심연이 빚어낸 형체의 본질입니다.

눈이 내리면

눈이 내리면 나는 눈을 감고 싶습니다. 마음으로 눈을 맞고 싶습니다. 살아 있는 슬픔을 덮어버리고 죽어 있는 허무를 위무하는 눈. 차마 눈 뜨고 볼 수 없는 순결의 눈. 눈이 내리면 나는 시를 쓰고 싶습니다. 영원 속에 명멸하는 그림자 같은 인생을 위해. 눈 위에 찍혀 바람에 쓸려 갈 발자국 같은 사랑을 위해.

내 마음의 섬

여기는 우포입니다

초판 발행일 **2019년 12월 1일**

지은이 **정봉채**
발행인 **김미희**
펴낸이 **몽트**

출판등록 **2012.12.20 제 2014-0000-38호**

주소 **안산시 단원구 고잔로 23-12**
전화 **031-501-2322** 팩스 **031-501-2321**
메일 **memento33@menthebooks.com**

값12,000원
ISBN 978-89-6989-047-4 03810

www.menthebooks.com

「이 도서의 국립중앙도서관 출판예정도서목록(CIP)은 서지정보유통지원시스템 홈페이지(http://seoji.nl.go.kr)와 국가자료공동목록시스템(http://www.nl.go.kr/kolisnet)에서 이용하실 수 있습니다.